DÉPART D'UN SOLDAT.

DÈPART

D'UN SOLDAT,

PAR BERNARDIN LEBEUF.

Respice cui regnum Italiæ Romanaque tellus
Debentur.

VIRGILE.

A PARIS,

DE L'IMPRIMERIE DE GIGUET ET MICHAUD,
RUE DES BONS-ENFANTS, N°. 34.

M. DCCC. VI.

1806

DÉPART
D'UN SOLDAT.

TEL un coursier superbe, impétueux, ardent,
S'élança de la terre au signal du trident;
Telle, quand de vingt rois ligués contre la France
La Discorde naguère anima la puissance,
On vit, prête à venger cet indigne attentat,
Naître une autre Pallas à la voix du sénat.
A peine la déesse a reçu la lumière,
Que, le sein enflammé d'une fureur guerrière,
Elle vole partout ranger sous ses drapeaux
De nos jeunes Français les bataillons nouveaux.
La plupart, emportés par un bouillant courage,
Pour voler au combat n'ont pas attendu l'âge:

Quelques-uns sans élan, tristes, désespérés,
De la France qui crie enfants dénaturés,
Et tremblant de marcher sur les pas de leurs frères,
Voudraient céder le glaive à des mains mercenaires,
Mais bientôt d'un saint zèle éprouvant la chaleur,
Dignes de la patrie et rendus à l'honneur,
Sous l'étendard français à leur tour ils s'unissent.

De la trompette au loin quand les sons retentissent,
En faveur de leurs fils, de timides vieillards
Implorent vainement la fière sœur de Mars;
La déesse repousse un vœu pusillanime :
L'intérêt de l'état est le seul qui l'anime;
Elle est sourde à tout autre, et poursuivant ses pas,
Grossit ses escadrons d'innombrables soldats.
Sans distinguer le nom, le rang et la fortune,
Elle arme tous les bras pour la cause commune;
Elle assemble à la fois, à ses ordres soumis,
Le paisible rentier, l'élève de Thémis;
Amyntas qui portait l'innocente houlette,
Et Damon qui du peintre a quitté la palette.

Et toi qui, cultivant les muses et la paix,
A leurs pures douceurs bornes tous tes souhaits,
Que dis-tu, cher Damis, quand, au sein de tes veilles,
Le sonore clairon vint frapper tes oreilles;
Quand parut la déesse à tes regards surpris?
Sa présence peut-être a glacé tes esprits.
A son seul nom, je vois un poète en alarmes :
Mais quelle illusion! Déjà fier sous les armes,
Des plus braves guerriers tu montres la valeur,
Et fidèle au Parnasse ainsi qu'au champ d'honneur,
Tu vas, comme Tyrtée, en son noble délire,
Manier tour à tour et le fer et la lyre.
Salut, jeune Français, et poète, et guerrier,
Je vois ceindre ton front par un double laurier.
    Tout part, et dans les airs mille cris d'allégresse
Présagent les succès d'une ardente jeunesse.
    Pour moi, quand mon pays, vainqueur depuis trois ans
A de nouveaux lauriers appela ses enfants,
Docile à cette voix, d'une main empressée
J'emplis le havresac à la peau hérissée;

D'une tige à gros nœuds je me fis un bâton,
Et la route du Nord vit un nouveau piéton.
Mon esprit, pour charmer la longueur du voyage,
De mes plaisirs passés me retrace l'image;
Non qu'un lâche regret démentant mon ardeur,
Me fasse préférer le plaisir à l'honneur :
Je puis, sans offenser la patrie et la gloire,
Par d'heureux souvenirs égayer ma mémoire.
Ainsi, quoique mes pas m'éloignent de Paris,
Je m'y retrouve encore au sein de mes amis,
De leurs festins joyeux je partage l'ivresse :
L'un nous chante Bacchus et l'autre la tendresse;
Du champagne mousseux qu'irrite sa prison,
L'autre jusqu'au plancher fait sauter le bouchon.
Par un plus noble élan, si mon esprit m'entraîne
Vers cette enceinte auguste où siège Melpomène;
Là, j'applaudis encore à ces écrits fameux,
Modèle et désespoir pour nos derniers neveux.
Là, l'auteur de Cinna, l'auteur d'Iphigénie,
Reçoivent des Français la palme du génie.

Si je vole au théâtre, où les arts réunis
Par un divin prestige enchaînant les esprits,
Guident le spectateur de merveille en merveille,
Et charment à la fois son œil et son oreille :
A l'aspect imprévu de vingt tableaux divers,
Je me crois transporté dans un autre univers.
Tantôt je vois l'Érèbe et de pâles victimes
Errer, en gémissant, sur ses profonds abîmes;
Tantôt je vois s'ouvrir l'Olympe radieux :
Je me crois immortel, je marche égal aux dieux.
Ah! si le havresac, par son ombre importune,
Obscurcit tout à coup l'éclat de ma fortune,
Alors, nouveau Vulcain précipité du ciel,
Je tombe sur la terre, et redeviens mortel;
Mais pourrais-je trouver cette chute funeste?
Je demeure français : ce beau titre me reste!

Tandis qu'en ces pensers j'égarais ma raison,
Paris est descendu sous un vaste horizon;
Phébus en son midi rend plus lourd mon bagage,
Et m'invite aux douceurs d'une halte à l'ombrage.

Non loin de la grand'route, au gré de mon desir,
Un bocage riant à mes yeux vient s'offrir.
Là, des saules rangés le long d'une onde pure,
Penchent sur son cristal leur verte chevelure.
Le souffle du zéphyr, le murmure des eaux,
Semblent au voyageur conseiller le repos.
A peine je goûtais, sous l'ombre hospitalière,
D'un calme bienfaisant la fraîcheur salutaire,
Que, la pipe à la bouche et d'un pas dégagé,
Marche un jeune soldat vers l'asile ombragé.
A son vieil uniforme, à son mâle visage,
Je vois que de la guerre il fit l'apprentissage.
Il m'aborde, m'accueille avec aménité;
Dans son air je ne sais quelle amabilité
Prévient en sa faveur. Enfin il prend séance :
Militaires bientôt ont lié connaissance ;
Surtout certain flacon qui n'est pas sans attrait,
Éveille nos discours aussitôt qu'il paraît ;
Docile à recevoir nos promptes accolades,
Par son puissant nectar il nous fait camarades.

Du lieu qui nous unit nous rendons grâce au sort,
Je lui dis en deux mots que je pars pour le Nord,
Et que ma main encor ne s'est point aguérie.
« Qu'importe, me dit-il, quand il sert la patrie
» Le Français, dans son cœur, trouve l'art du combat,
» Et son premier essai signale un coup d'éclat. »
J'admire de quel feu ce jeune homme s'enflamme,
Et son enthousiasme a passé dans mon âme.
Au transport qu'il ressent, je ne dois point douter
Que l'ennemi n'ait eu son bras à redouter.
Pour en avoir enfin la preuve plus certaine :
« Ami, de quelle armée et de quel capitaine
» Avez-vous partagé les glorieux combats ?
» Vers quels drapeaux enfin reportez-vous vos pas ? »
Le soldat volontiers répond à mon envie.
« Je retourne, dit-il, aux drapeaux d'Italie :
» Atteint à Rivoli par un plomb meurtrier,
» De la gloire, à regret, je quittai le sentier ;
» Je revis ma famille : hélas ! sans espérance
» De pouvoir par mon bras servir encor la France ;

» Quand ma mère aussitôt tremblante pour mes jours,
» D'une savante main réclama le secours,
» Et l'art devint pour moi d'autant plus salutaire,
» Qu'il se vit secondé par les soins d'une mère :
» Le zèle ingénieux qui lui conserve un fils,
» Satisfait à la fois nos cœurs et mon pays.
» Pour abréger le cours de tant d'heures fatales,
» Sa main autour de moi rassemblait nos annales;
» Et ces feuilles qui vont de climats en climats,
» Instruire l'univers de nos heureux combats.
» Si, moi-même, surpris de nos succès rapides,
» J'admirais la valeur des Français intrépides;
» Si mon premier transport était de les louer,
» Je dois avec franchise aujourd'hui l'avouer ·
» Le sort qui m'éloignait de mes compagnons d'armes
» De leur gloire, à mes yeux, affaiblissait les charmes,
» Et mon cœur combattu de jaloux sentiments,
» Mêlait de l'amertume aux applaudissements.
» Enfin après trois mois, le destin favorable
» Me rouvre des hasards la carrière honorable;

» Pour réparer un temps perdu dans la douleur,
» Je vais par plus d'audace illustrer ma valeur :
» C'est ainsi qu'un soldat bénit le ciel propice. »
Il découvre à l'instant sa noble cicatrice,
Et ce beau témoignage atteste ce qu'il dit.
De ses nombreux combats j'écoute le récit;
Et de Lodi, surtout, témoin de son courage,
Il me peint en ces mots le terrible passage :
« Vers les bords de l'Adda, d'un cours précipité,
» Le Germain devant nous fuyait épouvanté;
» Mais bientôt sur le pont protecteur de sa fuite,
» Il prétend de nos coups arrêter la poursuite.
» Sur le rivage en feu, sa belliqueuse main
» Fait tonner contre nous trente bouches d'airain.
» O courage! ô sang froid, qu'aucun danger n'arrête! (1
» Napoléon, tranquille au fort de la tempête,
» De ses vastes projets poursuivant la grandeur,
» Lui-même a dirigé son tonnerre vengeur.
» Cependant, réunis par les ordres qu'il donne,
» Nous formons de nos rangs une épaisse colonne :

» Cervoni, Masséna, Dallemagne, Berthier,
» Se disputent l'honneur d'un dangereux laurier.
» Comme eux, Lannes, Dupat, prodigues de leur vie,
» Font éclater le feu d'une si noble envie.
» Le signal part : ces chefs ont volé devant nous.
» Le bronze vainement fait pleuvoir en courroux
» Le déluge enflammé d'une grèle mortelle :
» La colonne s'élance aussi rapide qu'elle,
» Et la rive à l'instant n'oppose à nos efforts
» Que des canons muets, des fuyards et des morts.
» Telle fut de Lodi la rapide victoire.
» Mais parmi tant d'exploits, qu'aux fastes de l'histoire
» Clio doit retracer d'un immortel pinceau,
» Arcole nous prépare un triomphe plus beau. (2
» C'est là qu'il faut s'armer d'audace et de constance.
» Arcole, par sa mâle et ferme contenance,
» Par ses volcans d'airain prêts à vomir la mort,
» Espère en sa faveur faire pencher le sort,
» Et venger de Lodi la défaite honteuse.
» En vain, pour décider la fortune douteuse,

» Sur le pont fulminant, l'intrépide Augereau
» Avait d'un bras hardi fait flotter un drapeau;
» En vain, tout hérissés de ce fer que Bayonne
» Inventa pour servir les fureurs de Bellone,
» Nos bataillons vingt fois marchent à pas pressés,
» Tour à tour assaillants, tour à tour repoussés.
» Quoi? nos guerriers couverts de blessures stériles,
» Sans vaincre périraient devant ces Thermopyles!
» Non, non, déjà vers nous vient ce jeune héros,
» NAPOLÉON, l'appui de tous nos généraux,
» Lui, la tête et le bras d'une invincible armée,
» Lui, garant pour la France et pour sa renommée;
» Il paraît, et d'un ton imposant et hardi:
» *Si vous êtes encor les vainqueurs de Lodi,*
» Suivez-moi, votre chef vous ouvre la barrière.
» Il dit; et d'un soldat saisissant la bannière,
» Il vole sur le pont. Soudain les grenadiers
» Sur les pas du héros s'élancent les premiers.
» Jamais, du fier Germain, les terribles tempêtes
» Avec plus de fureur n'ont tonné sur nos têtes.

» A voir de tous ces feux le rivage enflammé,
» On croirait, contre nous, Mars lui-même animé.
» Sous ces coups redoublés les plus braves périssent;
» Mais, au suprême instant, si ces guerriers gémissent,
» C'est de voir du combat le destin balancer.
» Ah! du moins si leur mort avait pu le fixer!
» Voilà le seul regret que leur grande âme exhale.
» Dans ce tumulte affreux où la poudre fatale (3
» Au travers de nos rangs court semer le trépas,
» Les chefs tombent frappés ainsi que les soldats.
» Le plomb mortel atteint et Lannes et Vignole,
» Ce Lannes, qui déjà blessé devant Arcole,
» De son lit de douleur s'élança tout sanglant
» Pour vaincre, ou pour du moins mourir en combattant.
» Cette fois de ses sens il a perdu l'usage.
» Tu meurs, brave Muiron ; à la fleur de ton âge, (4
» La foudre t'a frappé près de Napoléon,
» Il t'aimait : c'est assez en dire pour ton nom.
» Le salpêtre enflammé redouble sa furie,
» Le plus grand général, l'espoir de la patrie,

» Napoléon ! ô ciel ! par l'orage emporté,
» Dans un profond marais tombe précipité.
» Le plus brave, à ce coup, est en proie aux alarmes,
» La victoire va donc abandonner nos armes !
» Vaine crainte : du ciel l'invisible secours
» Veille sur ce grand homme et protège ses jours.
» Loin de l'épouvanter, le feu qui le terrasse,
» Allume sa vengeance et double son audace.
» Il se lève terrible : il revole au combat :
» La présence du chef ranime le soldat,
» Et l'ennemi contraint de fuir tant de courage,
» Dans ses retranchements va renfermer sa rage.
» C'est trop long-temps souffrir la fureur des Germains ;
» Les Français sont encor dignes de ces Romains
» Dont ils foulent l'antique et glorieuse cendre.
» A briser les faisceaux l'aigle peut-il prétendre ?
» Si trois jours sur l'Adige il arrêta nos coups,
» Pense-t-il plus long-temps braver notre courroux ?
» Qu'il frémisse. Voici la fatale journée
» Qui va d'Arcole, enfin, fixer la destinée.

» Des obstacles si grands ne sont pour les Français
» Que de nouveaux degrés à de nouveaux succès.
» Déjà trente bateaux réunis sur l'Adige,
» D'un pont en un moment nous montrent le prodige.
» Des héros moissonnés prêt à venger le sang,
» Déjà Napoléon vole de rang en rang.
» Il instruit, il anime : à ses ordres fidèles,
» Augereau, Masséna commandent les deux ailes.
» Du centre, sous Robert, flottent les étendards;
» Tous les soldats brûlant d'affronter les hasards,
» Par des chants belliqueux, enfants de leur vaillance,
» Font retentir dans l'air leur vive impatience.
» Ce transport éclatant de joie et de valeur,
» D'un triomphe certain paraît l'avant-coureur.
» Tout à coup des tambours la voix retentissante,
» Presse d'un pas égal la marche diligente.
» Au même instant vers nous au bruit de cent clairons
» S'avancent des Germains les poudreux escadrons;
» Dès le premier assaut, leurs phalanges plus fortes
» Du centre, sous leurs coups, font plier les cohortes;

» Mais ces lauriers trompeurs leur couvrent un écueil :
» Ce n'est, qu'avec éclat, s'avancer au cercueil.
» Quand au sort des français Napoléon préside,
» La victoire pour eux tôt ou tard se décide;
» Et sa faveur ici n'a balancé long-temps
» Que pour rendre nos coups encor plus éclatants.
» Des succès du Germain pour arrêter la suite,
» Il cache dans un bois une vaillante élite,
» Et dès que l'ennemi, par un oblique tour,
» A menacé la droite, et veut s'y faire jour;
» Comme un tigre affamé que la terreur devance,
» Des flancs de la forêt le bataillon s'élance;
» Gardanne est à la tête; et, le fer à la main,
» Au travers du carnage il lui fraie un chemin.
» Sur l'Adige à grand bruit la trompette éclatante,
» Jusqu'en leurs derniers rangs a semé l'épouvante.
» Augereau les poursuit : éperdus, aux abois,
» Les soldats, de leurs chefs n'entendent plus la voix.
» Le bouillant Masséna tout couvert de poussière,
» Dans Arcole vaincu va planter sa bannière;

» Bientôt cent bataillons pressés de toutes parts
» N'offrent à la valeur qu'un peuple de fuyards,
» Qui par un dernier coup consolant sa défaite,
» S'efforce, mais en vain, d'honorer sa retraite;
» Rien n'égale le cours du torrent qui les suit,
» Ce n'est qu'à la faveur des voiles de la nuit,
» Que trouvant contre nous une faible assurance,
» Ils sauvent à grands pas leurs débris sur Vicence.

» Si la France, pour prix de leurs fameux travaux,
» Sur des tables d'honneur inscrivait nos héros,
» Et, par ce monument, consacrait à l'histoire,
» D'Arcole et de Lodi l'éternelle mémoire;
» D'abord notre avant-garde offrant ses bataillons,
» De tous ses grenadiers proclamerait les noms.
» Et vous carabiniers, colonne inébranlable,
» Vous grossiriez aussi cette liste honorable.
» Les noms des généraux s'y liraient les premiers.

» O mon cher compagnon, après tant de lauriers, (5
» Quel français de retour au sein de sa patrie,
» Ne sera fier du nom de soldat d'Italie!

» Il deviendra l'objet des plus beaux entretiens,
» On envîra sa gloire; et ses concitoyens
» Diront, en le montrant, *il fut de cette armée.....*
» Pour moi, si, d'une ardeur constamment animée,
» Je suivis les drapeaux d'un rapide vainqueur,
» Dans les nouveaux combats où m'appelle l'honneur,
» Si l'inflexible main de la Parque funeste,
» De mon sang prodigué doit épargner le reste,
» Et me permet de voir la bienfaisante paix
» De l'olivier, enfin, couronner ces hauts faits,
» Habitant fortuné d'une heureuse patrie,
» Je lui consacre alors une utile industrie.
» Soldat, j'ai combattu pour défendre nos droits,
» Citoyen, j'en jouis sous l'égide des lois.
» Au combat, s'il est beau de signaler ses armes,
» Dans le sein de la paix le travail a ses charmes.
» Une active journée amène un doux loisir;
» Eh! qui mieux qu'un guerrier peut goûter ce plaisir!
» Dans ses foyers chéris, le désir de l'entendre,
» Invite-t-il le soir ses amis à se rendre?

» De mille exploits fameux narrateur abondant,
» Par la vérité seule il devient éloquent.
» Moi je vante surtout les actions illustres
» D'un héros qui ne compte encore que cinq lustres :
» Les esprits captivés aux accents de ma voix,
» Dans un si jeune chef admirent à la fois
» De ses talents divers l'assemblage héroïque;
» Aussi vaillant guerrier que profond politique,
» Ferme dans ses traités avec les potentats,
» Il sait combattre, vaincre et régir les états.
» Qui de nous, aux élans de sa mâle éloquence,
» N'a senti redoubler sa force et sa vaillance!
» Aux soldats épuisés, du haut de l'Apennin,
» D'un nouveau champ d'honneur il montre le chemin·
» Il parle : les combats ne sont plus que des fêtes,
» Et l'armée en chantant marche à d'autres conquêtes.
» Là, parmi le tumulte et les fureurs de Mars,
» Conservateur zèlé des chefs-d'œuvre des arts,
» Il songe au Vatican, il songe au Capitole,
» A ce dépôt sacré d'une savante école.

» Rien n'échappe à l'éclair de son vaste coup d'œil,
» Et Paris dans ses murs reçoit avec orgueil
» Tous ces beaux monuments de la Grèce et de Rome,
» Gages si précieux des exploits d'un grand homme.
» Là, du sort des vaincus il calme la rigueur,
» La victoire auprès d'eux amène un bienfaiteur ;
» Ils bénissent son nom en essuyant leurs larmes.
» O souvenir touchant ! ce héros dont les armes
» Ont fait fuir tant de fois d'un pas précipité
» Les bataillons épars de l'aigle épouvanté,
» Se plaît à rendre hommage à ce modeste asile
» Où les muses jadis ont vu naître Virgile.
» Par Bellone chassés, les malheureux colons
» Abandonnaient en pleurs l'espoir de leurs moissons ;
» Ils traînaient sur leurs pas leurs enfants, leurs compagnes,
» Tous fuyaient la patrie et leurs douces campagnes.
» Soudain comme un rayon qui vient sur les guérêts,
» Sourire après l'orage aux trésors de Cérès,
» Napoléon paraît ; pour lui leur cause est juste,
» Les champs Virgiliens retrouvent un Auguste. (6

» Il rallie à sa voix tout ce peuple éperdu,
» Et sa bonté lui rend plus qu'il n'avait perdu.
» Poursuis, Napoléon, tes hautes destinées,
» Que les faits éclatants de tes jeunes années
» Ne soient que le signal d'un plus bel avenir.
» De ce degré de gloire où tu sus parvenir
» A de nouveaux lauriers ose encore prétendre,
» Plus ton génie est grand, plus on en doit attendre.
» Oui, deviens le vengeur des droits de l'univers,
» Que ce peuple sans foi, que ce tyran des mers,
» Ravisseur insolent du sceptre de Neptune,
» Abaisse devant toi l'orgueil de sa fortune;
» Du commerce français relève la splendeur,
» A la religion rends son antique honneur,
» Fais revivre nos lois, dans nos cités plaintives
» Ramène des beaux arts les troupes fugitives,
» Resserre de nos mœurs le lien social,
» Et qu'alors, enchaînée à ton char triomphal,
» Sous le poids des faisceaux la Discorde expirante
» Paie enfin nos malheurs sur l'arène sanglante.

» Et toi, peuple Français si fort d'un tel appui,
» Prépare des honneurs qui soient dignes de lui.
» Peuple dont l'univers admire la vaillance,
» Sois plus fameux encor par ta reconnaissance.
» Puisses-tu!... Mais je vois que rapide en son cours,
» Le soleil m'avertit de mon trop long discours.
» Allons, ami, partons; c'est mon dernier hommage
» Au héros qui du temps fait un si noble usage;
» Partons, peut-être enfin un glorieux retour
» Au sein de nos foyers nous unissant un jour,
» Permettra que ma voix en liberté reprenne
» Un sujet qu'aujourd'hui notre devoir enchaîne. »
Il dit, avec transport je réponds à ses vœux,
Par nos embrassements nous scellons nos adieux,
Et prenant le chemin où l'honneur nous convie,
Je marche vers le nord, et lui vers l'Italie. »

FIN.

NOTES HISTORIQUES,

Tirées de la Campagne *du général Bonaparte, en Italie, pendant les années IV et V.*

---

[1] PAGE 13, VERS 15.

O courage! ô sang froid, qu'aucun danger n'arrête!
Napoléon, tranquille au fort de la tempête,
De ses vastes projets poursuivant la grandeur,
Lui-même a dirigé son tonnerre vengeur.

C'est à la tête de ce pont (Lodi), du côté de la ville, que Bonaparte fut lui-même faire placer, sous une grêle de canons à mitraille, deux pièces d'artillerie pour empêcher l'ennemi de tenter de le couper, tandis que par ses ordres se rassemblait la colonne de héros qui devait franchir ce nouveau pas des Thermopyles. Mais apprenons de lui-même cet étonnant fait d'armes.

(*Note du rédacteur de la* Campagne.)

Bataille de Lodi.

« Je pensais que le passage du Pô serait l'opération la plus audacieuse de la campagne, tout comme la bataille de Millesimo l'action la plus vive ; mais j'ai à vous rendre compte de la bataille de Lodi.

» Le quartier-général arriva à Casal le 21 (floréal an 4), à trois heures du matin ; à neuf heures notre avant-garde rencontra les ennemis défendant les approches de Lodi. J'ordonnai aussitôt à toute la cavalerie de monter à cheval avec quatre pièces d'artillerie légère qui venaient d'arriver, et qui étaient attelées avec les chevaux de carosse des seigneurs de Plaisance. La division du général Augereau qui avait couché à Borghetto, celle du général Masséna qui avait couché à Casal, se mirent aussitôt en marche. L'avant-garde, pendant ce temps-là, culbuta tous les postes des ennemis, et s'empara d'une pièce de canon. Nous entrâmes dans Lodi, poursuivant les ennemis qui déjà avaient passé l'Adda sur le pont. Beaulieu, avec toute son armée, était rangé en bataille ; trente pièces de canon de position défendaient le passage du pont. Je fis placer toute mon artillerie en batterie ; la canonnade fut très-vive pendant plusieurs heures. Dès l'instant que l'armée fut arrivée, elle se forma en colonne serrée, le second bataillon des carabiniers en tête, et suivi par tous les bataillons de grenadiers au pas de charge et aux cris de *vive la république*. L'on se présenta sur le pont; l'ennemi fit un feu terrible; la tête de la colonne paraissait même hésiter. Un moment d'hésitation eût tout perdu. Les généraux Berthier, Masséna, Cervoni, Dallemagne, le chef de brigade Lannes, et le chef de bataillon Dupat, le sentirent, se précipitèrent à la tête, et décidèrent le sort encore en balance.

» Cette redoutable colonne renversa tout ce qui s'opposa à elle. Toute l'artillerie fut sur le champ enlevée; l'ordre de bataille de Beaulieu fut rompu; elle sema de tous côtés l'épouvante, la fuite et la mort; dans un clin d'œil l'armée ennemie fut éparpillée. Les généraux Rusca, Augereau et Bayrand, passèrent dès l'arrivée de leurs divisions, et achevèrent de décider la victoire. La cavalerie passa l'Adda à un gué, mais ce gué s'étant trouvé extrêmement mauvais, elle éprouva beaucoup de retard; ce qui l'empêcha de donner. La cavalerie ennemie essaya, pour protéger la retraite de l'infanterie, de charger nos troupes; mais elle ne les trouva pas faciles à épouvanter La nuit qui survint, et l'extrême fatigue des troupes, dont plusieurs avaient fait, dans la journée, plus de dix lieues, ne nous permirent pas de nous acharner à leur poursuite. L'ennemi a perdu vingt pièces de canon, deux à trois mille hommes morts, blessés et prisonniers. Le citoyen Latour, aide-de-camp capitaine du général Masséna, a été blessé de plusieurs coups de sabre : je demande la place de chef de bataillon pour ce brave officier. Le citoyen Marmont, mon aide-de-camp, chef de bataillon, a eu un cheval blessé sous lui. Le citoyen Marois, mon aide-de-camp capitaine, a eu son habit criblé de balles : le courage de ce jeune officier est égal à son activité.

» Si j'étois tenu de nommer tous les militaires qui se sont distingués dans cette journée extraordinaire, je serais obligé de nommer tous les carabiniers et grenadiers de l'avant-garde, et presque tous les officiers de l'état-major; mais je ne dois pas oublier l'intrépide Berthier, qui a été, dans cette journée, canonnier, cavalier et grenadier. Le chef de brigade Suguy, commandant l'artillerie, s'est très bien conduit.

» Beaulieu fuit avec les débris de son armée ; il traverse

dans ce moment-ci les états de Venise, dont plusieurs villes lui ont fermé les portes.

» Quoique, depuis le commencement de la campagne, nous ayons eu des affaires très chaudes, et qu'il ait fallu que l'armée de la république payât souvent d'audace, aucune cependant n'approche du terrible passage du pont de Lodi.

» Si nous n'avons perdu que peu de monde, nous le devons à la promptitude de l'exécution, et à l'effet subit qu'ont produit sur l'armée ennemie la masse et les feux redoutables de cette invincible colonne. »

2) PAGE 14, VERS 12.

Mais parmi tant d'exploits qu'aux fastes de l'histoire
Clio doit retracer d'un immortel pinceau,
Arcole nous prépare un triomphe plus beau.

Bataille d'Arcole.

Au quartier-général de Vérone, le 29 brumaire an 5.

« Je suis (écrit Bonaparte) si harassé de fatigue, citoyens directeurs, qu'il ne m'est pas possible de vous faire connaître tous les mouvements militaires qui ont précédé la bataille d'Arcole qui vient de décider du sort de l'Italie.

» Informé que le feld-maréchal Alvinzi, commandant l'armée de l'empereur, s'approchait de Vérone, afin d'opérer sa jonction avec les divisions de son armée qui sont dans le Tirol, je filai le long de l'Adige avec les divisions d'Augereau et de Masséna; je fis jeter, pendant la nuit du 24 au 25, un pont de bateaux à Ronco, où nous passâmes cette rivière. J'espérais arriver dans la matinée à Villa-Nova, et par là enlever les parcs d'artillerie de l'ennemi, ses bagages, et attaquer l'armée ennemie par le flanc et ses derrières. Le quartier-général du général Alvinzi était à Caldero. Cependant l'ennemi, qui avait eu avis de quelques mouvements, avait envoyé un régiment de Croates et quelques régiments hongrois dans le village d'Arcole, extrêmement fort par sa position au milieu des marais et des canaux.

» Ce village arrêta l'avant-garde de l'armée pendant toute la journée. Ce fut en vain que tous les généraux, sentant l'importance du temps, se précipitèrent à la tête, pour obliger nos colonnes à passer le petit pont d'Arcole:

trop de courage nuisit, ils furent presque tous blessés; les généraux Verdier, Bon, Verne, Lannes, furent mis hors de combat. Augereau empoignant un drapeau, le porta jusqu'à l'extrémité du pont; il resta là plusieurs minutes sans produire aucun effet. Cependant il fallait passer ce pont, ou faire un détour de plusieurs lieues, qui nous aurait fait manquer toute notre opération. Je m'y portai moi-même; je demandai aux soldats s'ils étaient encore les vainqueurs de Lodi. Ma présence produisit sur les troupes un mouvement qui me décida encore à tenter le passage. Le général Lannes, blessé déjà de deux coups de feu, retourna, et reçut une troisième blessure plus dangereuse; le général Vignole fut également blessé. Il fallut renoncer à forcer le village de front, et attendre qu'une colonne commandée par le général Guieux que j'avais envoyé par Albaredo, fût arrivée: il n'arriva qu'à la nuit; il s'empara du village, prit quatre pièces de canon, et fit quelques centaines de prisonniers. Pendant ce temps là, le général Masséna attaquait une division que l'ennemi faisait filer de son quartier-général sur notre gauche; il la culbuta et la mit dans une déroute complète.

» On avait jugé à propos, pendant la nuit, d'évacuer le village d'Arcole, et nous nous attendions, à la pointe du jour, à être attaqués par toute l'armée ennemie, qui se trouvait avoir eu le temps de faire filer ses bagages, ses parcs d'artillerie, et de se porter en arrière pour nous recevoir.

» A la petite pointe du jour, le combat s'engagea de partout avec la plus grande vivacité. Masséna, qui était sur la gauche, mit en déroute l'ennemi, et le poursuivit jusqu'aux portes de Caldero. Le général Robert, qui était sur la chaussée du centre avec la 75e., culbuta l'ennemi à la baïonnette, et couvrit le champ de bataille de cadavres. J'ordonnai à l'adjudant-général Vial de longer l'Adige avec une demi-brigade, pour tourner toute la gauche de l'ennemi; mais le pays offre des obstacles invincibles: c'est en vain que ce brave adjudant-général se précipita dans l'eau jusqu'au cou, il ne put pas faire une diversion conséquente. Je fis, pendant la nuit du 26 au 27, jeter des ponts sur les canaux et les marais: le général Augereau y passa avec sa division. A dix heures du matin, nous fûmes en présence; le général

Masséna à la gauche, le général Robert au centre, le général Augereau à la droite. L'ennemi attaqua vigoureusement le centre, qu'il fit plier. Je retirai alors la 32e. de la gauche, je la plaçai en embuscade dans des bois; et, à l'instant où l'ennemi, poussant le centre, était sur le point de tourner notre droite, le général Gardanne, à la tête de la 32e., sortit de son embuscade, prit l'ennemi en flanc, et en fit un carnage horrible. La gauche de l'ennemi était appuyée à des marais, et par la supériorité du nombre en imposait à notre droite. J'ordonnai au citoyen Hercule, officier de mes guides, de choisir vingt-cinq hommes de sa compagnie, de longer l'Adige une demi-lieue, de tourner tous les marais qui appuyaient la gauche des ennemis, et de tomber ensuite au grand galop sur le dos de l'ennemi, en faisant sonner plusieurs trompettes. Cette manœuvre réussit parfaitement : l'infanterie ennemie se trouva ébranlée; le général Augereau sut profiter du moment. Cependant elle résiste encore, quoiqu'en battant en retraite, lorsqu'une petite colonne de huit à neuf cents hommes, avec quatre pièces de canon, que j'avais fait filer par Porto-Legnago pour prendre une position en arrière de l'ennemi et lui tomber sur le dos pendant le combat, acheva de le mettre en déroute. Le général Masséna, qui s'était reporté au centre, marcha droit au village d'Arcole, dont il s'empara, et poursuivit l'ennemi jusqu'auprès du village de Saint-Bonifacio; mais la nuit nous empêcha d'aller plus avant.

» Le fruit de la bataille d'Arcole est quatre à cinq mille prisonniers, quatre drapeaux, dix-huit pièces de canon. L'ennemi a perdu au moins quatre mille morts et autant de blessés. Outre les généraux que j'ai nommés, les généraux Robert et Gardanne ont été blessés. L'adjudant-général Vaudelin a été tué. J'ai eu deux de mes aides-de-camp tués, les citoyens Elliot et Muiron, officiers de la plus grande distinction; jeunes encore, ils promettaient d'arriver un jour avec gloire aux premeirs postes militaires. Notre perte, quoique peu considérable, a été très sensible, en ce que c'est presque tous officiers de distinction.

» Cependant le général Vaubois a été attaqué et forcé à Rivoli, position importante qui mettait à découvert le blocus de Mantoue. Nous partîmes à la pointe du jour, d'Arcole. J'envoyai la cavalerie sur Vicence, à la poursuite des ennemis, et je me rendis à Véronne, où j'avais laissé le général Kilmaine avec trois mille hommes.

» Dans ce moment-ci, j'ai rallié la division de Vaubois, je l'ai renforcée, et elle est à Castel-Novo. Augereau est à Vérone, Masséna sur Villa-Nova. Demain j'attaque la division qui a battu Vaubois; je la poursuivrai jusque dans le Tirol, et j'attendrai alors la reddition de Mantoue, qui ne doit pas tarder quinze jours. L'artillerie s'est comblée de gloire.

» Les généraux et officiers de l'état-major ont montré une activité et une bravoure sans exemple. Douze ou quinze ont été tués; c'était vraiment un combat à mort; pas un d'eux qui n'ait ses habits criblés de balles.

» Je vous enverrai les drapeaux pris sur l'ennemi. »

(Les détails d'une affaire aussi importante ne peuvent être superflus; et nous ne craignons pas d'ajouter ceux que contiennent les lettres suivantes du général Berthier. (*Note du rédacteur de la* Campagne.)

« L'activité dans laquelle nous sommes depuis quinze jours, ne m'a pas permis de vous écrire aussi souvent que je l'aurais désiré ; mais le commandant de la Lombardie, auquel j'ai envoyé le précis de nos mouvements, a dû vous en faire passer copie.

» Depuis notre dernière affaire de Caldero, qui a eu lieu le 22 (brumaire an 5), et dans laquelle, après un combat opiniâtre, les deux armées restèrent dans leurs positions, le général Alvinzi avait fait sa jonction avec la colonne du Tirol, et se trouvait avoir un corps d'armée de plus de quarante mille hommes.

» Le 24 (brumaire an 5), l'armée ennemie était en présence, et se préparait à livrer un combat général. Le général Bonaparte, instruit des intentions de l'ennemi, manœuvra aussitôt pour les déjouer.

» Dans la nuit du 24 au 25, il ordonna à la division du général Vaubois de garder le point de Rivoli, pour tenir en échec la colonne de droite de l'ennemi, commandée par le général Davidovich : les château et fort de Brescia, Vérone, les places de Peschiera et Legnago étaient dans un état de défense respectable. Le général en-chef disposa des corps légers et de l'artillerie volante pour défendre les passages de l'Adige ; dans la même nuit, il fit jeter un pont de bateaux à Ronco pour passer l'Adige, tomber à l'improviste sur les derrières du général d'Alvinzi, lui couper sa communication, s'emparer de ses magasins, de son parc d'artillerie, lui enlever tous ses moyens de subsistance, et enfin l'attaquer à revers. Avant le jour, les deux divisions Masséna et Augereau avaient déjà passé l'Adige, et elles s'avançaient sur deux chaussées qui traversent, pendant plusieurs milles, un marais impraticable. La colonne de gauche, commandée par le général Masséna, fut la première à rencontrer quelques avant-postes ennemis qu'elle culbuta; celle de droite, commandée par le général Augereau, après avoir également fait reployer quelques postes ennemis, fut arrêtée au village d'Arcole, occupé par les Autrichiens qui battaient en flanc la digue sur laquelle il fallait passer pour pénétrer. Un canal qui bordait cette digue du côté du village, empêchait de le tourner; il fallait donc, pour s'en emparer, passer sous son feu, et traverser un petit pont défendu par plusieurs maisons crénelées, d'où l'ennemi faisait un feu terrible. Nos troupes, à plusieurs reprises, se portèrent au pas de charge pour enlever ce pont; mais n'ayant pas, la première fois, déployé la même audace qu'au pont de Lodi, elles furent repoussées dans leurs tentatives réitérées; en vain le général Augereau, un drapeau à la main, s'était avancé à la tête de la colonne pour forcer Arcole. Le général en chef, auquel on rendit compte des difficultés qu'éprouvait la division du général Augereau, ordonna au général Guieux de descendre l'Adige avec un corps de deux mille hommes, et de passer cette rivière sous la protection de notre artillerie légère, à un bac qui se trouvait à deux milles au-dessous de Ronco, vis-à-vis Albaredo. Il avait l'ordre de se porter sur le village d'Arcole pour le tourner; mais cette marche était longue, la journée s'avançait, et il était de la dernière importance d'emporter Arcole, afin d'être sur les derrières de l'ennemi avant qu'il eût pu avoir connaissance de notre mouvement.

» Le général en chef se porta avec tout son état-major à la tête de la division d'Augereau; il rappela à nos frères d'armes qu'ils étaient les mêmes qui avaient forcé le pont de Lodi. Il crut s'apercevoir d'un mouvement d'enthousiasme, et voulut en profiter : il se jette à bas de son cheval, saisit un drapeau, s'élance à la tête des grenadiers, et court sur le pont en criant : *Suivez votre général.* La colonne s'ébranle un instant, et l'on était à trente pas du pont lorsque le feu terrible de l'ennemi frappa la colonne, la fit reculer au moment même où l'ennemi allait prendre la fuite. C'est dans cet instant que les généraux Vignole et Lannes sont blessés, et que l'aide-de-camp du général en chef, Muiron, fut tué.

» Le général en chef et son état-major sont culbutés; le général en chef lui-même est renversé avec son cheval dans un marais, d'où, sous le feu de l'ennemi, il est retiré avec peine; il remonte à cheval, la colonne se rallie, et l'ennemi n'ose sortir de ses retranchements.

» La nuit commençait lorsque le général Guieux arrive sur le village d'Arcole avec valeur, et finit par l'emporter; mais il se retira pendant la nuit, après avoir fait beaucoup de prisonniers, et enlevé quatre pièces de canon.

» L'ennemi, qui avait eu le temps d'être averti de notre mouvement, avait commencé à faire évacuer tous ses équipages et ses magasins sur Vicence, et avait porté presque toutes ses forces vers Ronco pour livrer bataille, et avant le jour il occupait, avec des forces considérables, le village d'Arcole.

» Le 26, à la pointe du jour, l'ennemi nous attaqua sur tous les points; la colonne du général Masséna, après un combat opiniâtre, culbuta l'ennemi, et lui fit quinze cents prisonniers, lui enleva six pièces de canon et quatre drapeaux.

» La colonne du général Augereau repoussa également l'ennemi; mais elle ne put parvenir à forcer le village d'Arcole, qui fut encore attaqué à plusieurs reprises. On jugera de l'opiniâtreté des différentes attaques qui ont eu lieu à ce village où sept généraux ont été blessés.

» Le même soir, le général en chef marcha lui-même sur le canal à droite de l'Adige, avec une colonne qui portait des fascines, dans le dessein d'y établir un passage : ce qui ne put avoir lieu à cause du courant. Alors l'adjudant-général Vial, qui était à la tête de la colonne, traversa le canal, ayant de l'eau jusqu'au cou; mais il fut obligé de repasser. C'est dans ce moment que fut tué l'aide-de-camp du général en chef, Elliot.

» La nuit suivante, le général en chef ordonna qu'on jetât un pont sur ce canal, et une nouvelle attaque fut combinée pour le 27. La division du général Masséna devait attaquer sur la chaussée de gauche, et celle du général Augereau, pour la troisième fois, le célèbre village d'Arcole, tandis qu'une autre colonne devait traverser le canal pour tourner ce village. Une partie de la garnison de Porto-Legnago, avec cinquante chevaux et quatre pièces d'artillerie, reçut l'ordre de tourner la gauche de l'ennemi, afin d'établir une diversion.

» L'attaque commença à la pointe du jour; le combat fut opiniâtre. La colonne de Masséna trouva moins d'obstacles; mais celle d'Augereau fut encore repoussée à Arcole, et se reployait en désordre sur le pont de Ronco, lorsque la division de Masséna, qui avait suivi le mouvement rétrograde de la division d'Augereau, se trouva en mesure de se rejoindre à elle pour attaquer de nouveau l'ennemi, qui fut mis en fuite cette fois, et qui, se voyant tourné par sa gauche, fut forcé à Arcole: alors la déroute fut complète; il abandonna toutes ses positions, et se retira pendant la nuit sur Vicence.

» Le 28, à la pointe du jour, une partie de l'armée française poursuivit l'ennemi sur Vicence, lui enleva plusieurs bateaux de son équipage de pont, ramassa quelques prisonniers et beaucoup de blessés, et l'autre partie arriva sous les murs de Vérone.

» Pendant nos succès à Ronco, notre aile gauche, commandée par le général Vaubois, fut forcée dans ses positions à Rivoli, que l'ennemi occupe en ce moment. Cette aile droite de l'armée impériale, que commande le général Davidovich, sera attaquée demain par des forces supérieures, et doit tomber entièrement en notre pouvoir, ou, si elle évacue, être poursuivie jusque dans le Tirol. Alors l'armée d'Alvinzi, séparée et à moitié détruite, doit nous donner Mantoue sous peu de jours.

» Dans ces différents combats, nous avons fait à l'ennemi environ cinq mille prisonniers, dont cinquante-sept officiers; tué ou blessé une énorme quantité d'hommes; enlevé quatre drapeaux, et pris dix-huit pièces de canon, beaucoup de caissons, plusieurs haquets chargés de pontons, et une multitude d'échelles que l'armée autrichienne s'était procurée, dans le dessein d'escalader Vérone.

» Nous avons eu sept généraux blessés, dont deux mortellement : Lannes, Vignole, Verdier, Gardanne, Bon, Robert et Verne. Les aides-de-camp du général en chef, Muiron et Elliot, et l'adjudant-général Verdeling, ont été tués. »

3) PAGE 16, VERS 8.

Dans ce tumulte affreux où la poudre fatale
Au travers de nos rangs court semer le trépas,
Les chefs tombent frappés ainsi que les soldats.
Le plomb mortel atteint et Lannes et Vignole;
Ce Lannes qui, déjà blessé devant Arcole,
De son lit de douleur s'élança tout sanglant
Pour vaincre, ou pour du moins mourir en combattant.
Cette fois de ses sens il a perdu l'usage.

De son quartier-général de Vérone, Bonaparte écrivait, le 29 (brumaire an 5), au citoyen Carnot, membre du directoire, une lettre dont voici l'extrait :

« Les destinées de l'Italie commencent à s'éclaircir ; encore une victoire demain, qui ne me semble pas douteuse, et j'espère, avant dix jours, vous écrire du quartier-général de Mantoue. Jamais champ de bataille n'a été aussi disputé que celui d'Arcole; je n'ai presque plus de généraux : leur dévoûment, leur courage sont sans exemple. Le général de brigade Lannes est venu au champ de bataille, n'étant pas encore guéri de la blessure qu'il a reçue à Governolo. Il fut blessé deux fois pendant la première journée de la bataille. Il était, à trois heures après midi, étendu sur son lit et souffrant; lorsqu'il apprend que je me porte moi-même à la tête de la colonne, il se jette à bas de son lit, monte à cheval, et revient me trouver. Comme il ne pouvait pas être à pied, il fut obligé de rester à cheval. Il reçut, à la tête du pont d'Arcole, un coup qui l'étendit sans connaissance. Je vous assure qu'il fallait tout cela pour vaincre; les ennemis étaient nombreux et acharnés, les généraux à la tête; nous en avons tué plusieurs. »

Le général divisionnaire Berthier, chef de l'état-major, au général Baraguey-d'Hilliers, commandant la Lombardie.

Au quartier-général de Vérone, le 29 brumaire an 5.

« Enfin, mon cher général, après les manœuvres les plus hardies, les combats les plus opiniâtres, huit jours sans nous débotter, nous venons de battre le général Alvinzi, et son corps que nous avons poursuivi jusqu'à Vicence. Cinq mille prisonniers, trois mille hommes tués ou blessés, quatre drapeaux, douze pièces de canon, sont le fruit de ces victoires. Alvinzi va se rallier derrière la Brenta; Davidovich, qui ne sait pas ce qu'est devenu Alvinzi, est à la rive droite de l'Adige, après avoir forcé la division de Vaubois et s'être avancé au-delà de Rivoli; nous craignons qu'il ne se retire. S'il est encore aujourd'hui dans ses positions, demain il est à nous avec les six mille hommes qu'il commande. *Vive l'armée d'Italie.* Bientôt Mantoue sera au pouvoir des républicains.

» Jamais on ne s'est battu avec plus d'acharnement; nous avons eu deux généraux blessés mortellement, et cinq qui, espère-t-on, en reviendront; deux aides-de-camp du général en chef et un adjudant-général tués.

» Je n'ai pas le temps d'en dire davantage, nous avons encore à combattre; point de repos que l'ennemi ne soit détruit.

4) PAGE 16, VERS 16.

Tu meurs, brave Muiron, à la fleur de ton âge;
La foudre t'a frappé près de Napoléon;
Il t'aimait: c'est assez en dire pour ton nom.

C'est après cette sanglante journée d'Arcole, que Bonaparte écrivit de Vérone les lettres suivantes:

A la citoyenne Muiron.

« Muiron est mort à mes côtés sur le champ de bataille d'Arcole. Vous avez perdu un mari qui vous était cher; j'ai perdu un ami auquel j'étais depuis long-temps attaché; mais la patrie perd plus que nous deux, en perdant un officier distingué autant par ses talents que par son rare courage. Si je puis vous être bon à quelque chose, à vous ou à son enfant, je vous prie de compter entièrement sur moi. »

Extrait d'une lettre de Bonaparte, au directoire exécutif.

« Le citoyen Muiron a servi depuis les premiers jours de la révolution dans le corps de l'artillerie; il s'est spécialement distingué au siège de Toulon, où il fut blessé en entrant par une embrasure dans la célèbre redoute anglaise.

» Son père était alors arrêté comme fermier-général; le jeune Muiron se présenta à la convention nationale, au comité révolutionnaire de sa section, couvert du sang qu'il venait de répandre pour la patrie; il obtint la libération de son père.

» Depuis le commencement de la campagne d'Italie, j'avais pris le citoyen Muiron pour mon aide-de-camp; il a rendu dans presque toutes les affaires, des services essentiels; enfin il est mort glorieusement sur le champ de bataille d'Arcole, laissant une jeune veuve enceinte de huit mois. »

On aime à trouver dans le vainqueur d'Arcole l'intérêt qu'il met à faire valoir les services d'un ami; la jeune veuve et l'enfant de Muiron ne profitèrent point des faveurs que cet intérêt pouvait leur procurer. Dans peu de mois l'un et l'autre suivirent leur père et leur époux; car les champs de bataille n'ont pas seuls le funeste privilège d'ouvrir les tombeaux qui nous attendent.

(*Note du rédacteur de la* Campagne.)

5) PAGE 20, VERS 18.

O mon cher compagnon, après tant de lauriers,
Quel français de retour au sein de sa patrie,
Ne sera fier du nom de soldat d'Italie!
Il deviendra l'objet des plus beaux entretiens;
On envira sa gloire; et ses concitoyens
Diront, en le montrant, *il fut de cette armée*.....

Cette dernière pensée est empruntée de la proclamation suivante de Bonaparte :

« Soldats,

« Vous vous êtes précipités, comme un torrent, du haut de l'Apennin ; vous avez culbuté, dispersé tout ce qui s'opposait à votre marche.

» Le Piémont délivré de la tyrannie autrichienne, s'est livré à ses sentiments naturels de paix et d'amitié pour la France.

» Milan est à vous, et le pavillon républicain flotte dans toute la Lombardie. Les ducs de Parme et de Modène ne doivent leur existence politique qu'à votre générosité.

» L'armée qui vous menaçait avec tant d'orgueil, ne trouve plus de barrière qui la rassure contre votre courage ; le Pô, le Tesin, l'Adda, n'ont pu vous arrêter un seul jour ; ces boulevards vantés de l'Italie ont été insuffisants : vous les avez franchis aussi rapidement que l'Apennin.

» Tant de succès ont porté la joie dans le sein de la patrie ; vos représentants ont ordonné une fête dédiée à vos victoires, célébrée dans toutes les communes de la république. Là, vos pères, vos mères, vos épouses, vos sœurs, vos amantes, se réjouissent de vos succès, et se vantent avec orgueil de vous appartenir.

» Oui, soldats, vous avez beaucoup fait..... Mais ne vous reste-t-il plus rien à faire?.... Dira-t-on de nous que nous avons su vaincre, mais que nous n'avons pas su profiter de la victoire? La postérité nous reprochera-t-elle d'avoir trouvé Capoue dans la Lombardie?........ Mais je vous vois déjà courir aux armes; un lâche repos vous fatigue; les journées perdues pour la gloire, le sont pour votre bonheur..... Eh bien! partons : nous avons encore des marches forcées à faire, des ennemis à soumettre, des lauriers à cueillir, des injures à venger.

» Que ceux qui ont aiguisé les poignards de la guerre civile en France, qui ont lâchement assassiné nos ministres, incendié nos vaisseaux à Toulon, tremblent..... L'heure de la vengeance a sonné.

» Mais que les peuples soient sans inquiétude; nous sommes amis de tous les peuples, et plus particulièrement des descendants des Brutus, des Scipion et des grands hommes que nous avons pris pour modèles.

» Rétablir le Capitole, y placer avec honneur les statues des héros qui le rendirent célèbre; réveiller le peuple romain, engourdi par plusieurs siècles d'esclavage : tel sera le fruit de nos victoires; elles feront époque dans la postérité; vous aurez la gloire immortelle de changer la face de la plus belle partie de l'Europe.

» Le peuple Français, libre, respecté du monde entier, donnera à l'Europe une paix glorieuse qui l'indemnisera des sacrifices de toute espèce qu'il a faits depuis six ans; vous rentrerez alors dans vos foyers, et vos concitoyens diront en vous montrant : *il était de l'armée d'Italie !*

6) PAGE 23, VERS 20.

Les champs Virgiliens retrouvent un Auguste.

Le village de Pietole, situé dans le Séraglio, près de Mantoue, est cet ancien lieu d'Andès, où Virgile était né; et les champs qui l'environnent furent autrefois une des munificences d'Auguste, célébrées par ce grand poète. Ils portent encore le nom de champs Virgiliens. Ils avaient probablement autant souffert pendant le blocus et le siège de Mantoue, que pendant les guerres du Triumvirat; mais pour le bonheur de leurs habitants, le vainqueur de l'Italie, n'était pas moins qu'Octave homme de goût. Virgile était dans sa mémoire, et devait une seconde fois, après dix-huit siècles, protéger sa patrie. Bonaparte donna l'ordre que l'ancien patrimoine du prince des poètes latins, fût distingué, et que ses colons fussent indemnisés de toutes les pertes que la guerre avait pu leur occasionner.

(*Note du rédacteur de la* Campagne.)

FIN.

www.ingramcontent.com/pod-product-compliance
Ingram Content Group UK Ltd.
Pitfield, Milton Keynes, MK11 3LW, UK
UKHW020352250726
13967UKWH00005B/2242

9 782013 053013